FANI MARCEAU

JOËLLE JOLIVET

EN
EL LIBRO

Corimbo

E

Estoy en la amapola, dice la abeja.

Estoy en los cabellos, dice el pasador.

Estoy en el nido, dice el pájaro.

Estoy en el cielo, dice la nube.

Estoy en el árbol, dice el mono.

Estoy en mi tela, dice la araña.

Estoy en el albaricoque, dice el hueso.

Estoy en la cama, dice el peluche.

Estoy en el autobús, dice la conductora.

Estoy en el faro, dice el farero.

Estoy en la bañera, dice el niño.

Estoy en el guante, dice la mano.

Estoy en el túnel, dice la locomotora.

Estoy en el bosque, dice la seta.

Estoy en el fuego, dice el leño.

Estoy en el desierto, dice el escorpión.

Estoy en mi cesta, dice el perro.

Estoy en la oscuridad, dice el niño.

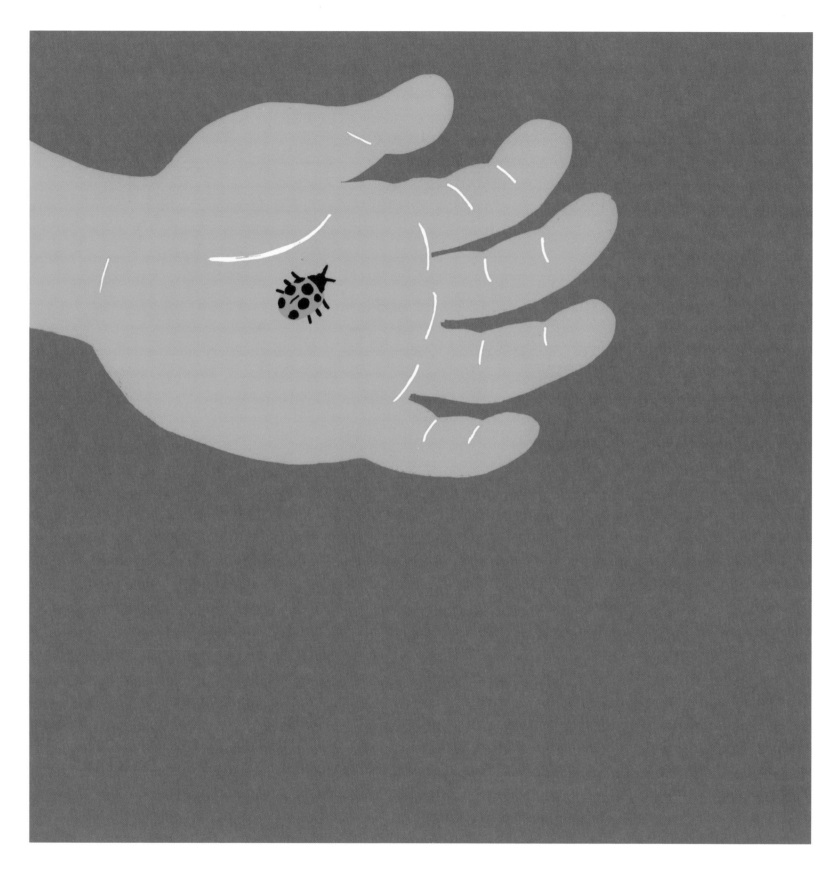

Estoy en la mano, dice la mariquita.

Estoy en la pecera, dice el pez.

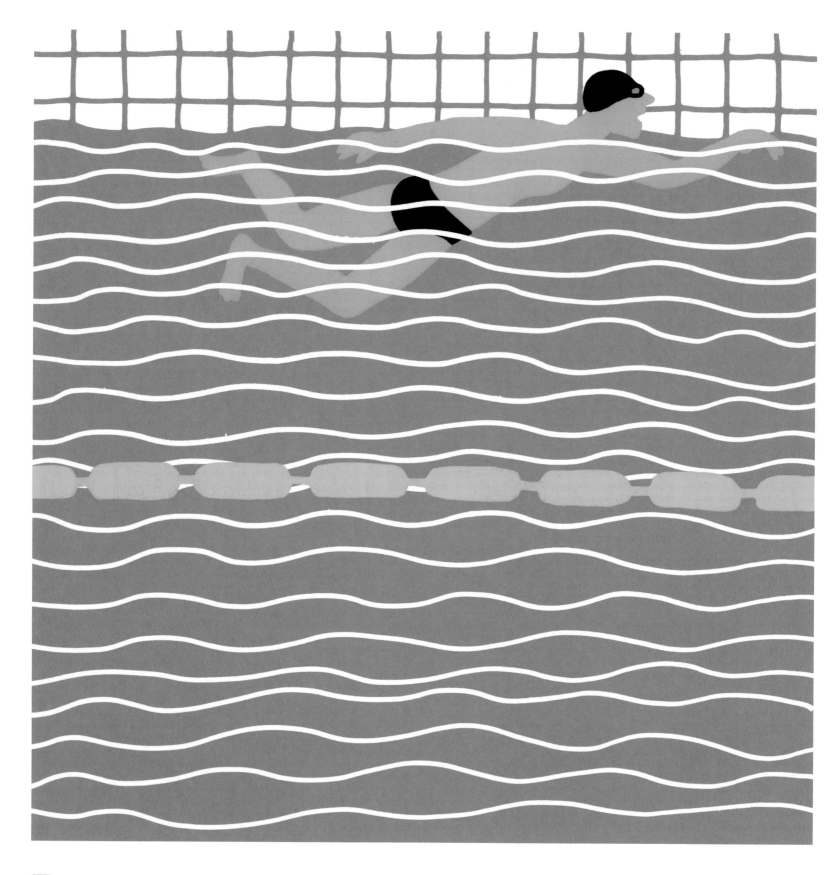

Estoy en el agua, dice el nadador.

Estoy en el bosque, dice el lobo.

Estoy en el tren, dice el viajero.

Estoy en la tierra, dice la semilla.

Estoy en el carrito, dice el bebé.

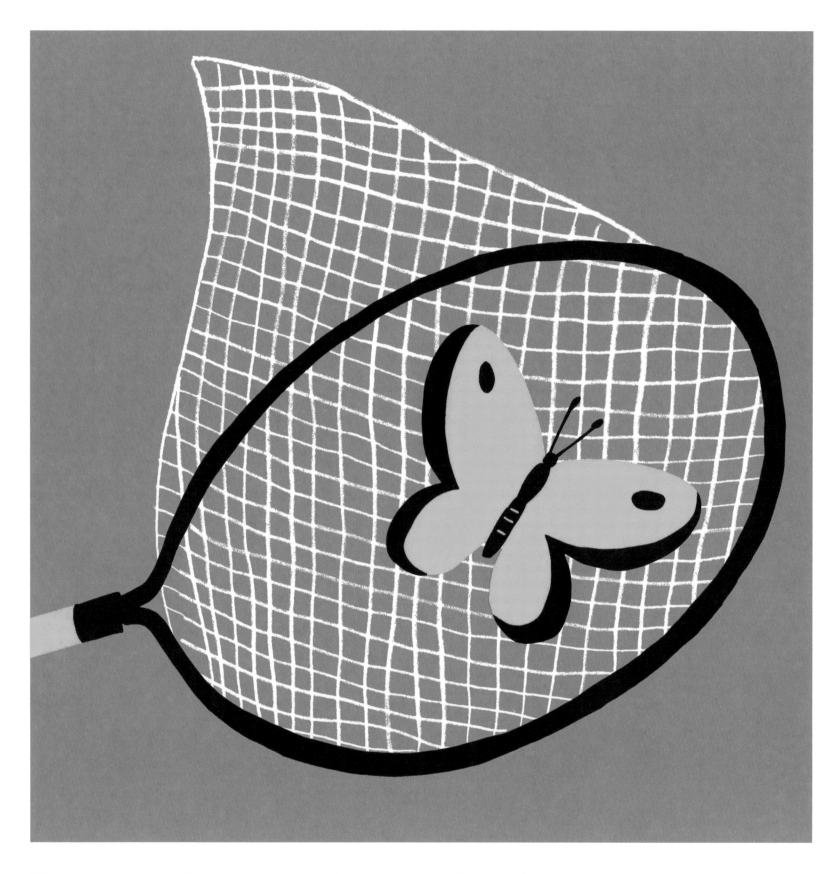

Estoy en el cazamariposas, dice la mariposa.

Estoy en el espacio, dice el planeta.

Estoy en la jungla, dice el tigre.

Estoy en el jardín, dice la jardinera.

Estoy en el zapato, dice la piedrecita.

Estoy en la concha, dice el caracol.

Estoy en el campo, dice el tractor.

Estoy en la cesta, dice la ensalada.

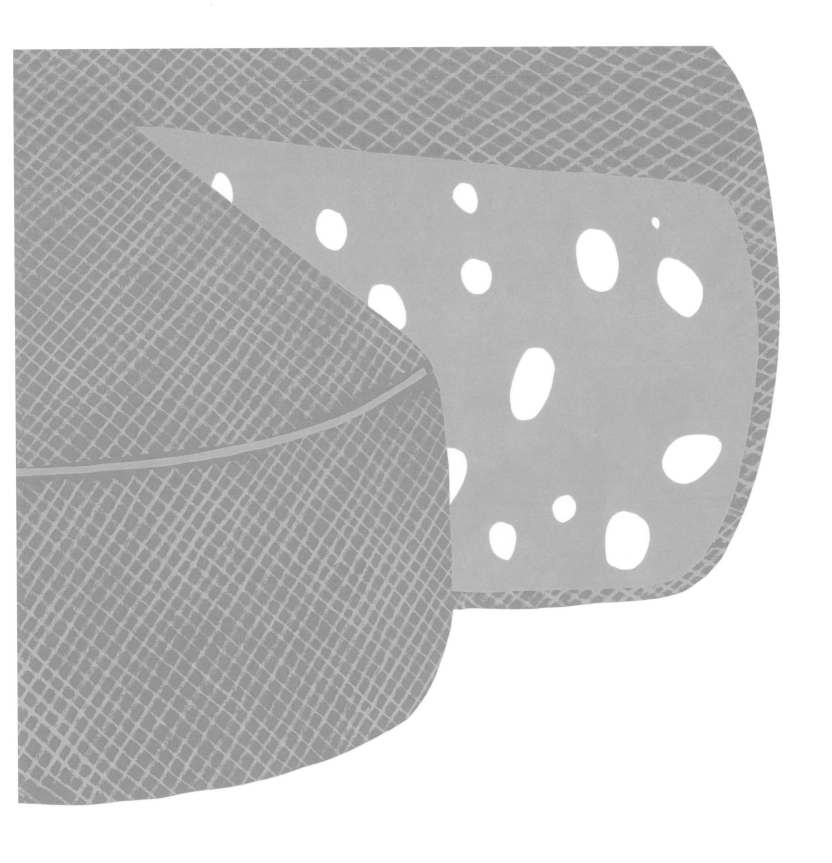

Estoy en el queso, dice el agujero.

Estoy en la hierba, dice la pelota.

Estoy en el maletero, dice la maleta.

Estoy en la madriguera, dice el conejo.

Estoy en la butaca, dice la chica.

Estoy en la caja, dice el regalo.

Estoy en el barco, dice el marinero.

Estoy en el océano, dice la ballena.

Estoy en el cuadro, dice la princesa.

Estoy en el rebaño, dice la oveja.

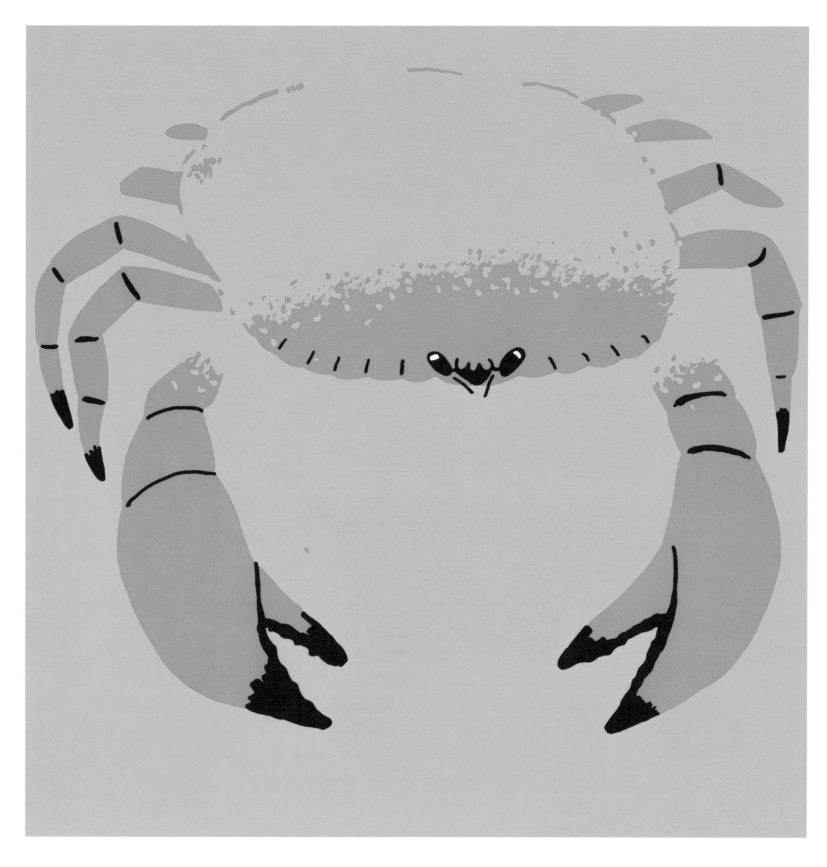

Estoy en la arena, dice el cangrejo.

Estoy en el barro, dice el cerdo.

Estoy en el horno, dice el pollo rustido.

Estoy en la cocina, dice el cocinero,

Estoy en la cerradura, dice la llave.

Estoy en la caja de herramientas, dice el martillo.

Estoy en mi caparazón, dice la tortuga.

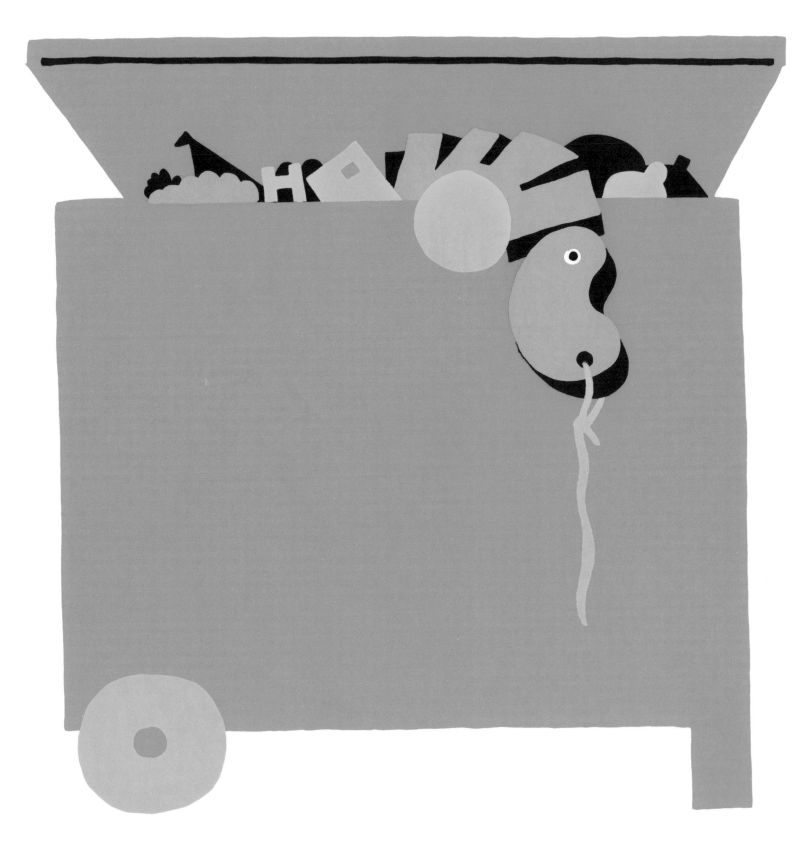

Estoy en el baúl, dice el juguete.

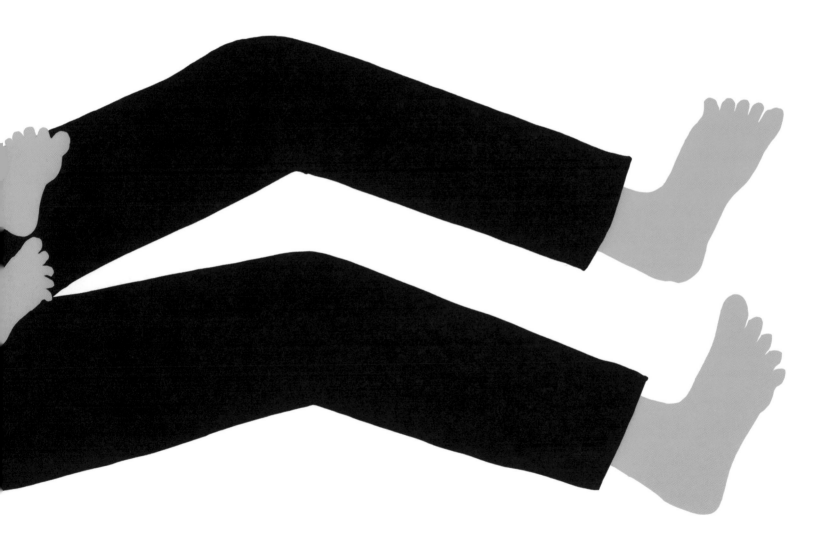

Y yo, ¡estoy en tus brazos!

© 2015, Editorial Corimbo por la edición en español

Avda. Pla del Vent 56
08970 Sant Joan Despí
(Barcelona)
corimbo@corimbo.es
www.corimbo.es

Traducción al español de Rafael Ros
Primera edición en Francia con el título de *Dans le livre*
Texto de Fani Marceau e ilustraciones de Joëlle Jolivet

© 2012, Actes Sud / hélium
Publicado de acuerdo con Isabelle Torrubia Agencia Literaria

1ª edición abril 2015
Impreso en Romanyà Valls, Capellades (Barcelona)
Depósito legal: DL B 6486-2015
ISBN: 978-84-8470-514-7